27 Janvier 1883

VENTE

Du Samedi 27 Janvier 1883

HOTEL DROUOT, SALLE N° 5

A 2 HEURES.

OBJETS DE LA CHINE

IVOIRES — LAQUES
BRONZES — CLOISONNÉS — PORCELAINES

MEUBLES EN BOIS DE FER

Cabinet de Tong-kin — Paravents — Tables — Tabourets

SOIERIES — CHALES — FOULARDS

Curiosités diverses

Mᵉ Paul CHEVALLIER
COMMISSAIRE-PRISEUR
Succʳ de **Mᵉ Ch. PILLET**
10, rue de la Grange-Batelière.

M. CH. GEORGE
EXPERT
12, rue Laffitte.
Paris.

EXPOSITION PUBLIQUE

Le Vendredi 26 Janvier, de 1 heure à 5 heures.

HOMO
ADDIT
NATVRÆ
IMPRIMERIE DE L'ART

CATALOGUE

DES

OBJETS DE LA CHINE

IVOIRES, LAQUES, BRONZES, CLOISONNÉS, PORCELAINES

MEUBLES EN BOIS DE FER

Cabinet de Tong-Kin. — Paravents. — Tables. — Tabourets

Soieries. — Châles. — Foulards

Curiosités diverses

DONT LA VENTE AURA LIEU

HOTEL DROUOT, SALLE N° 5

Le Samedi 27 Janvier 1883, à 2 heures

Mᵉ PAUL CHEVALLIER | **M. CH. GEORGE**
COMMISSAIRE-PRISEUR | EXPERT
Successeur de Mᵉ Ch. Pillet | 12, rue Laffitte, 12
10, rue Grange-Batelière, 10 | PARIS

EXPOSITION PUBLIQUE

Le Vendredi 26 Janvier, de 1 heure à 5 heures.

CONDITIONS DE LA VENTE

Elle sera faite au comptant.

Les adjudicataires payeront *cinq pour cent* en sus des enchères.

L'exposition mettant le public à même de se rendre compte de l'état des objets, il ne sera admis aucune réclamation une fois l'adjudication prononcée.

Paris. — Imprimerie de l'Art, J. Rouam, imprimeur-éditeur, 41, rue de la Victoire.

DÉSIGNATION DES OBJETS

MEUBLES CHINOIS

1 — Très beau et grand paravent à quatre feuilles en soie brodée, monture en bois de fer sculpté et marqueterie de nacre et d'ivoire belle qualité.

2 — Beau cabinet de Tong-Kin enrichi d'incrustations de nacre ; pied en bois de fer.

3 — Beau paravent à quatre feuilles en soie brodée, monture en bois de fer orné d'incrustations de nacre.

4 — Table rectangulaire en bois de fer sculpté, à deux tiroirs.

5 — Table à thé en bois de fer et marqueterie de
nacre.

6 — Malle en bois de camphrier recouvert en
cuir à dessin de fleurs sur fond rouge.

7 — Belle et grande glace de Dame ; monture en
bois de fer sculpté et marqueterie de nacre.

8 — Deux panneaux en bois de fer sculpté.

9 — Petite table ovale en bois de fer marqueté de
nacre.

10 — Grande table ronde en bois de fer sculpté ;
dessus en marbre.

11 — Paire de tabourets en bois de fer sculpté à
dessus en marbre.

OBJETS CHINOIS EN ARGENT

12-13 — Deux porte-cartes de visite en argent ciselé
et filigrané.

14-15 — Deux porte-cartes de visite en filigrane
   d'argent de forme ovale.

16 — Collier en argent ciselé.

17-18 — Deux porte-bouquets en argent ciselé.

19-20 — Deux paires de bracelets en écaille, monture
   en argent doré.

21 — Paire de bracelets en noyau finement sculpté,
   monture en argent doré.

22-23 — Deux bracelets en ivoire sculpté, montures
   en argent doré.

24-25 — Deux parures : broche et pendants d'oreilles
   en ivoire finement sculpté ; montures en
   argent.

IVOIRES CHINOIS

26 — Très jolie canne tout en ivoire avec parties
   finement sculptées.

27-28 — Deux boîtes à gants en ivoire sculpté et ajouré.

29 — Bel éventail en ivoire sculpté.

30 — Autre éventail en ivoire.

31 — Porte-cartes de visite en ivoire sculpté.

32-34 — Trois porte-cartes de visite en ivoire.

35 — Autre porte-cartes de visite en ivoire.

36-37 — Deux boîtes à bijoux en ivoire sculpté.

38 — Couverture de livre en ivoire.

39 — Démêloir en ivoire.

40-41 — Deux paires boutons en ivoire sculpté.

42-43 — Deux jeux en ivoire.

44 — Démêloir en ivoire ciselé.

45 — Éventail en ivoire.

46 — Pièce en ivoire ciselé et boules à l'intérieur.

47-48 — Deux autres boules ajourées en ivoire en renfermant plusieurs autres.

49 — Gondole avec ses sept gondoliers en ivoire sculpté.

5o — Jeu en ivoire sculpté.

5ı — Deux statuettes en ivoire sculpté.

52 — Paire de vases en ivoire sculpté.

53 — Paire de vases en ivoire sculpté.

54-55 — Deux cadres ovales en ivoire ciselé.

56 — Cadre rectangle en ivoire ciselé.

57 — Canne en écaille pure de belle qualité.

58 — Six porte-serviettes en ivoire ciselé.

5g — Beau jeu d'échecs complet en ivoire sculpté.

6o — Autre jeu d'échecs en ivoire.

61 — Coupe-papier en ivoire sculpté.

62 — Autre coupe-papier en ivoire sculpté.

63 — Trente paires boutons à manches en ivoire.

64 — Cinquante petits boutons en ivoire.

65 — Quarante petits boutons en ivoire.

66 — Quarante petits boutons en ivoire.

67-68 — Deux cachets en ivoire.

69 — Peigne en écaille.

70 — Quatre porte-cigares en écaille.

BOIS SANTAL

71 — Boîte à gants en bois santal sculpté.

72 — Deux cadres en bois santal sculpté.

73 — Six petites boîtes en bois santal.

74-75 — Deux boîtes à bijoux en bois santal.

76 — Deux éventails en bois santal.

77-78 — Deux jeux en bois santal.

79 — Quatre coupe-papier en bois santal.

80 — Deux porte-cartes de visite en bois santal.

81 — Boîte à gants en bois santal.

82 — Deux cadres en bois santal.

ÉVENTAILS CHINOIS

83-84 — Deux éventails avec feuille décorée de cent
vingt personnages ; montures en ivoire
sculpté.

85-86 — Deux éventails à soixante-dix personnages,
montures en laque fin.

87 — Éventail en soie décorée de fleurs, monture
en bois santal sculpté.

88-89 — Deux éventails en soie décor à fleurs,
montures en laque fin.

90 — Éventail en plume fine, monture en bois santal.

91 — Éventail en plume fine, monture en ivoire
sculpté.

92 — Autre éventail en plume fine, monture en bois
santal sculpté.

93-94 — Deux beaux écrans en soie brodée.

95 — Six écrans en soie brodée.

96 — Dix éventails en plumes peintes.

97 — Éventail en laque fin.

98 — Éventail en écaille.

99 — Deux écrans en plumes de paon.

100 — Éventail en écaille dorée.

LAQUE DE CHINE

101 — Belle table à ouvrage en laque fin avec ses accessoires en ivoire découpé.

102 — Boîte à ouvrage en laque fin avec ses accessoires en ivoire découpé.

103 — Boîte à bijoux en laque.

104 — Boîte à thé en laque.

105 — Grand échiquier en laque.

106 — Boîte à ouvrage en laque avec ses accessoires en ivoire découpé.

107 — Échiquier en laque.

SOIERIE CHINOISE

108-109 — Deux grands châles en crêpe brodé de belle qualité.

110 — Autre châle en soie brodée en rouge.

111 — Trois costumes chinois en soie.

112 — Foulard en soie.

113 — Foulard en soie rouge.

114 — Ceinture en soie rouge.

115 — Deux foulards en soie brodée.

116 — Autre foulard en soie.

117 — Deux cravates en soie brodée.

118 — Cravate en soie brodée.

119 — Cravate en soie verte brodée.

120 — Cravate rouge en soie brodée.

121 — Grande portière en crêpe rouge brodée.

PORCELAINE DE LA CHINE

122 — Riche et grand bol en porcelaine, pied en
bois sculpté.

123 — Tabouret en porcelaine.

124 — Paire dc grands vases en porcelaine.

125 — Paire de vases en porcelaine.

126 — Grand service à thé, de neuf pièces, en porcelaine.

127 — Cuvette en porcelaine.

128 — Pot à eau en porcelaine.

129 — Deux douzaines de tasses à thé et leurs soucoupes en porcelaine.

130 — Paire de vases en cloisonné sur porcelaine.

131-132 — Deux paires de vases en porcelaine.

133 — Brûle-parfums ancien.

134 — Paire de jardinières carrées en porcelaine craquelée.

135 — Paire de vases en porcelaine bleue.

136 — Jardinière à plateau en porcelaine.

137 — Paire de vases flambés rouges.

138 — Paire de cornets jaunes en porcelaine.

139 — Vase céladon en porcelaine ancienne.

140 — Corbeille à plateau en porcelaine.

141 — Paire de vases en porcelaine.

142 — Paire de belles et grandes potiches en porcelaine, décor à fleurs et personnages.

OBJETS DIVERS

143 — Croix en bois incrusté de nacre.

144 — Boîte à bonbons en bois de fer, marqueté de nacre.

145 — Plateau à pied en bois et marqueterie de Tong-Kin.

146 — Boîte à pied en bois et marqueterie de Tong-Kin.

147-148 — Deux porte-cigares en soie brodée.

149 — Plateau en bois de fer et marqueterie de nacre, forme rectangulaire.

150 — Plateau ovale en bois de fer, marqueterie de nacre.

151 — Petite maison en bois de fer.

152 — Cornet en bois ancien.

153 — Biche rouge en grès.

154 — Quatre gravures coloriées.

155 — Paire de petits souliers en soie brodée.

156 — Vierge dorée.

157 — Deux palanquins.

BRONZES CHINOIS

158 — Paire de beaux vases en bronze ciselé et argenté.

159 — Grand brûle-parfums en bronze ancien.

160 — Autre brûle-parfums ancien.

161 — Paire de vases en cloisonné.

162 — Deux bougeoirs en cloisonné.

163 — Paire de vases en cuivre émaillé.

164 — Chimère en bronze ancien, à socle en bois de fer sculpté.

165 — Paire de vases en bronze ancien.

166 — Vase en bronze ancien.

167 — Statuette en bronze ancien.

168 — Divers objets sous ce numéro.